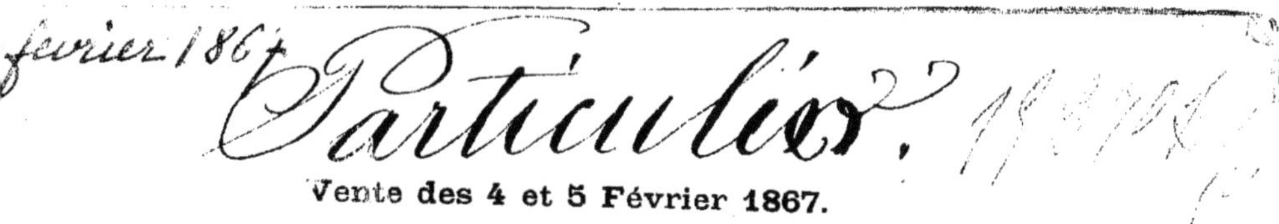

Vente des 4 et 5 Février 1867.

COLLECTION

DE FEU

M. LE COMTE DE LOCHIS

DE BERGAME.

OBJETS D'ART

ET DE CURIOSITÉ

Exposition publique le Dimanche 3 Février.

Mᵉ CHARLES PILLET,	MM. DHIOS & CARLE DELANGE,
COMMISSAIRE-PRISEUR	EXPERTS

1867

CATALOGUE
D'OBJETS D'ART
ET DE CURIOSITÉ

PROVENANT EN PARTIE

DE LA COLLECTION DE FEU LE COMTE LOCHIS, DE BERGAME

Très-beau Triptyque en émail de Pénicaud ;
Superbe Plat en faïence italienne de Maestro Giorgio ; — Tabatière or et Émaux ;
Épées damasquinées—Nielles du XVIe siècle ;
Cristaux de roche ; — Marbres ; — Bronzes ; Armes ; — Meubles anciens ; —
Quelques Tableaux ;
Porcelaines de Chine, du Japon et de Saxe, Faïences de Perse.

DONT LA VENTE AUX ENCHÈRES PUBLIQUES AURA LIEU

HOTEL DROUOT, SALLE N° 3

Les Lundi 4 et Mardi 5 Février 1867

A DEUX HEURES.

Par le ministère de Me **CHARLES PILLET**, Commissaire-Priseur,
11, rue de Choiseul,
Assisté de M. **DHIOS**, 33, rue Lepeletier, et de M. CARLE **DELANGE**, 5, quai Voltaire,
— EXPERTS —

Chez lesquels se trouve le présent Catalogue.

EXPOSITION PUBLIQUE

Le Dimanche 3 *Février* 1867, *de une heure à cinq.*

CONDITIONS DE LA VENTE

Elle sera faite au comptant.

Les adjudicataires payeront *cinq pour cent* en sus des enchères.

L'exposition mettant le public à même de se rendre compte de l'état des objets, il ne sera admis aucune réclamation une fois l'adjudication prononcée.

Paris. — Imprimerie de Pillet fils aîné, 5, rue des Grands-Augustins.

COLLECTION DU COMTE LOCHIS

Faïences italiennes

1 — Plat en faïence représentant au centre un amour, a droite Léda et le cygne, à gauche deux personnages, probablement Castor et Pollux. Le tout richement décoré de reflets métalliques or et rubis. Pièce remarquable signée M° Giorgio da Ugubio, 1528.

Armes

2 — Epée en fer dont la garde, le pommeau et la fusée sont damasquinés d'or et d'argent; elle porte une inscription, une armoirie et les lettres P. C. D. I. Lame triangulaire — Pièce capitale du XVIe siècle.

3 — Epée en fer forgé dont la garde, la fusée et le pommeau sont damasquinés d'or. — Travail italien du XVIe siècle.

Objets divers

4 — Triptyque en émail de Limoges avec sa monture en cuivre doré. La plaque du milieu représente l'Adoration des bergers, et les volets l'Annonciation. Le tout rehaussé d'or et de perles d'émail imitant des pierreries.

Admirable ouvrage de Nardon Pénicaud, remarquable par sa fraîcheur, son exécution et sa parfaite conservation.

5 — Paix en nielle sur argent représentant l'Adoration des bergers, entourée d'un monument en cuivre doré avec pilastres et partie cintrée; le cintre renferme une autre nielle représentant le Père éternel; la frise, les pilastres et la base sont enrichis d'inscriptions et d'ornements niellés sur argent.

Pièce capitale, de travail italien, du commencement du XVIe siècle.

6 — Peinture sous cristal de roche, composée de plusieurs médaillons encadrés d'ébène. Celui du centre représente l'Adoration des Mages; aux quatre coins les Évangélistes:

les intervalles sont remplis par des arabesques. Travail italien de la fin du xve siècle.

7 — Petite paix en émail de Limoges représentant l'Annonciation, par P. Rexmond, avec cadre Louis XIII garni en argent.

8 — Tabatière en or ciselé décorée d'attributs de musique et de six médaillons en émail représentant des sujets gracieux, le dessus de la boîte enrichi de roses. Époque Louis XVI.

9 — Bonbonnière en jaspe évidé montée en argent doré.

10 — Morceau de corail sculpté représentant un monstre personnifiant l'Enfer et vomissant des flammes au milieu desquelles s'agitent les damnés.

Bronzes

11 — Vase en bronze de forme basse et à large ouverture avec bec allongé, décoré d'une inscription damasquinée en argent. Travail persan.

Porcelaines

12 — Quatre groupes en porcelaine de Saxe formant flambeaux et représentant les quatre Saisons.

13 — Fontaine et son bassin en porcelaine de Chine à bordure quadrillée; au centre, des oiseaux et feuillages polychromes. La fontaine est surmontée de deux dauphins et enrichie à sa panse d'un mascaron grotesque. Famille verte.

14 — Deux cache pots cannelés en porcelaine de Chine, décorés de fleurs et oiseaux polychromes et ornés de mascarons grotesques en relief. Famille verte.

15 — Deux cache-pots en porcelaine de Chine, décorés de feuillages et de fleurs et ornés de deux mascarons grotesques en relief. Famille verte.

16 et 17 — Deux plats creux en porcelaine de Chine, à bordure de feuillages et fleurs polychromes. Au centre, deux faisans Famille rose.

18 et 19 — Deux plats en porcelaine de Chine, à bordure de feuillages et fleurs polychromes. Au centre, une branche de chrysanthèmes.

20 et 21 — Quatre plats en porcelaine de Chine, à bordure polychrome dentelée. Au centre, des fleurs et feuillages.

22 — Compotier en porcelaine de Chine, à bordure polychrome dans le style persan. Au centre, des feuillages. Famille verte.

23 — Compotier en porcelaine de Chine, décoré de fleurs et oiseaux polychromes. Famille verte.

24 — Six assiettes en porcelaine de Chine à bordure dentelée. Au centre, un papier déroulé renfermant des feuillages.

25 — Deux chimères supportant des vases, en porcelaine de Chine émaillée vert et jaune.

Meubles anciens

26 — Table en ébène enrichie de feuillages et de médaillons incrustés en ivoire, représentant des sujets de chasse. Au centre, le Départ des bohémiens d'après Callot. Travail italien.

COLLECTION DE M. ***

Armes

27 — Epée en fer forgé dont la garde et le pommeau sont ornés de damasquine d'argent formant rosaces. — Travail italien du XVIe siècle.

28 — Fer de lance décoré de gravures. — Travail italien du XVIe siècle.

29 — Muserolle en fer décorée d'ornements en cuivre repercés à jours et portant l'inscription : *Verbum Domini manet in æternum.*

30 — Autre semblable avec la date de 1518.

31 — Carabine de chasse avec monture en bois incrusté d'ornements et de figures d'animaux en ivoire. Époque Louis XIII.

32 — Petite arbalète en fer avec crosse en bois incrusté d'ivoire. Époque de Henri IV.

33 — Mousquet dont le bois et la crosse sont incrustés d'ivoire. Époque Louis XIII.

34 — Mousquet avec monture en bois incrusté, le canon en partie damasquiné d'or et d'argent. Travail oriental.

35 — Fusil avec monture en fer repoussé entièrement couvert de feuillages et d'animaux. Travail italien.

36 — Autre fusil de même travail.

Objets divers

37 — Petit diptyque en ivoire; sur un des volets, le Crucifiement, sur l'autre, la Vierge. Travail français du XIVe siècle.

38 — Plat en étain recouvert d'une feuille d'argent et décoré d'entrelacs et de godrons. Au centre, un médaillon en émail de Limoges représentant Vénus et l'Amour, par Pierre Rexmond. Travail français du XVIe siècle.

39 — Bonbonnière en ivoire sculpté décorée d'animaux. Époque Louis XV.

40 — Plusieurs tabatières avec miniatures. Seront divisées.

41 — Paire de flambeaux d'église en cristal de roche, composés de balustres et de nœuds taillés à godrons et enrichis de gravures, avec monture en cuivre doré. Époque Louis XIII.

42 — Une autre paire de dimension plus petite, surmontés de binets en cristal de roche.

43 — Une autre paire semblable au numéro 41, mais de dimension plus petite.

44 — Un flacon en cristal de roche gravé, monture en argent doré, dans son étui de l'époque.

45 — Une bonbonnière en cristal de roche gravé, monture en argent doré.

46 — Petit flacon en cristal de roche taillé avec monture en argent, du XVIe siècle.

47 — Boule de lustre en cristal de roche taillé.

48 — Croix processionnelle en cuivre repoussé. — Travail italien du XVIe siècle.

49 — Calice en cuivre repoussé avec coupe en argent. Époque de Louis XIV.

50 — Sceau en cuivre gravé, décoré d'arabesques et de figures. Travail persan.

51 — Fermoir d'escarcelle en fer. XVIe siècle.

52 — Fermoir d'escarcelle en fer forgé et ciselé. Travail italien du XVIe siècle.

53 — Timbre à estampilles, en fer forgé, portant un blason, formé par des dragons chimériques. Travail italien du XVIe siècle.

54 — Paire de pelle et pincettes en fer damasquiné d'or et d'argent. Époque de Louis XIV.

55 — Quatre balcons en fer forgé, décorés de médaillons dorés, représentant les quatre Saisons. Travail italien.

56 — Trousse de voyage en cuir renfermant des ustensiles en fer damasquiné d'argent. Époque Louis XV.

57 — Grande canne en ivoire avec armoiries à fleurs de lis, et couverte de figures d'apôtres et de guerriers gravées en creux. Époque de Louis XIII.

58 — Bas-relief en argent repoussé représentant le Christ au roseau. Époque Louis XIII.

59 — Deux verres antiques.

60 — Œuf en écaille piquée d'or formant arabesques. Époque Louis XV.

61 — Étui en écaille incrustée de nacre et ornée de fleurettes en argent.

62 — Plateau à cinq lobes en écaille laquée, décoré d'oiseaux. Travail japonais.

63 — Lampe chinoise en filigrane d'argent émaillé, formant vase décoré de mufles de lions et surmonté d'un plateau formé par une coquille de nacre sculptée et supportant une fleur en filigrane d'argent.

64 — Coffret de forme basse en bois incrusté d'ivoire et de métal formant rosaces. Travail persan.

65 — Porte-livre en bois incrusté d'or et d'ivoire. Travail persan.

66 — Miroir de toilette de forme ronde monté sur pied élevé, de même travail.

67 — Petit manuscrit enrichi de 41 miniatures. xve siècle. Belle conservation.

68 — Manuscrit enrichi de lettres ornées. xve siècle.

69 — Manuscrit enrichi de quatre feuilles miniaturées et d'une quantité de lettres ornées. Belle conservation. xve siècle.

70 — Petit manuscrit enrichi de lettres ornées. xve siècle.

71 — Un manuscrit du xve siècle, orné de miniatures sur vélin, représentant les douze Mois de l'année et les signes du Zodiaque.

Bronzes

72 — Buste d'homme, en bronze, couvert d'un vêtement doré par parties. xvie siècle.

73 — Coupe en bronze à godrons, supportée par trois pieds en forme de griffes. Travail italien, xvie siècle.

74 — Bout de soufflet en bronze richement décoré de mascarons et de cariatides en relief. Travail italien du xvie siècle.

75 — Deux chenets en bronze doré dont les pieds sont ornés de têtes d'amours terminées par des feuillages ; sur l'un un cygne et sur l'autre une salamandre. Époque de Louis XIV.

76 — Cartel en bronze doré décoré de feuillages et de mascarons. Époque Louis XV.

77 — Autre analogue.

78 — Petit vase en bronze décoré de palmettes damasquinées d'argent. Travail oriental.

Orfévrerie

79 — Plat en argent repoussé décoré de feuillages. Époque Louis XV.

80 — Sucrier en argent. Époque Louis XV.

81 — Autre analogue.

82 — Deux porte-salières en argent à trois pieds formés par des têtes de béliers terminées par des enroulements. Époque Louis XVI.

83 — Écritoire en argent avec son plateau. Époque Louis XV.

84 — Petit pot à lait en argent. Époque de Louis XV.

Porcelaines

85 — Écuelle en porcelaine de Sèvres pâte tendre, fond bleu lapis, 1791.

86 — Assiette en porcelaine de Sèvres, bordure à fond vert à médaillons de fleurs, 1763.

87 — Petit cabaret en porcelaine de Vienne composé de six pièces.

88 — Vase à couvercle en porcelaine de Naples. Époque Louis XVI.

89 — Service en porcelaine du Japon à fond blanc, décor de fleurs et feuillages polychromes rehaussés d'or ; composé de théière, cafetière, bol, deux plats et six tasses.

90 — Deux bols en porcelaine du Japon décorés d'ornements et de figures.

91 — Une tasse en porcelaine du Japon à décors de fleurs et feuillages polychromes et or.

92 — Deux grandes potiches à couvercle en porcelaine du Japon, à décor de fleurs et feuillages polychromes sur fond blanc.

93 — Deux chimères en porcelaine céladon bleu.

94 — Petit encrier en porcelaine de Chine, composé d'un plateau et de quatre vases décorés de feuillages et d'oiseaux.

95 — Potiche à 6 pans en porcelaine de Chine décorée de feuillages polychromes.

96 — Grand bol en porcelaine de Chine, famille verte avec monture en bronze doré.

97 — Bol en porcelaine de Chine à fond chamois avec médaillons de feuillages polychromes sur fond blanc.

98 — Quatre tasses en porcelaine de Chine décorées de fleurs et feuillages polychromes rehaussés d'or.

Faïences Italiennes et de Perse

99 — Plat en faïence représentant Vénus, Vulcain et l'Amour, Fabrique d'Urbino.

100 — Deux grands vases en faïence à décors de fleurs et feuillages, fabrique du nord de l'Italie, époque Louis XVI.

101 — Deux paires de vases à anses surélevées, décorés de feuillages, mêmes fabrique et époque. — Seront divisés.

102 — Une potiche à couvercle, décor de fleurs et feuillages. — Même fabrique.

103 — Plat en faïence de Perse, décoré de tulipes.

104 — Plat en faïence de Perse décoré d'œillets avec bordure bleu lapis.

105 — Autre à décors d'œillets.

106 — Autre décoré de tulipes et d'œillets.

107 — Autre décoré au fond d'un personnage grotesque.

108 — Autre orné d'imbrications ou écailles de poissons, bleu et vert.

109 — Autre à palmes bleues et rouges.

110 — Autre à fond vert décoré de palmes et d'œillets.

111 — Autre décoré de tulipes et d'œillets.

112 — Autre semblable.

113 — Autre semblable.

114 — Autre semblable.

115 — Autre à décor de fleurs et d'œillets avec une aiguière au centre.

116 — Autre décoré de tulipes et d'œillets.

117 — Autre à rosace fond vert ornée de feuillages.

118 — Autre avec un cheval au centre.

119 — Autre décoré de zones bleues, vertes et rouges formant rosace.

120 — Autre décoré de palmes et d'œillets.

Marbres, Matières dures et Terres cuites

121 — Bas-relief en marbre représentant la Vierge et l'Enfant Jésus. Travail italien de la fin de xve siècle, attribué à Donatello.

122 — Deux groupes en marbre blanc représentant des amours se jouant entre eux. Travail italien, xviie siècle. 122

123 — Buste d'empereur romain en marbre blanc avec chlamyde en marbre noir.

124 — Deux groupes en ronde-bosse en terre cuite représentant des enfants sur des dauphins. Travail italien.

125 — Figure de chèvre en marbre sculpté. Travail antique ; plusieurs parties sont restaurées.

126 — Très-beau mortier à couvercle en porphyre rouge oriental.

127 — Fût de colonne en albâtre oriental avec socle en marbre. — Hauteur du fût 0,83.

128 — Deux plaques en mosaïque de Florence, représentant des perroquets perchés sur des branchages.

129 — Deux plaques en mosaïque de Florence représentant des fleurs et oiseaux.

130 — Armoirie en marbre blanc sculpté, le centre en mosaïque de Florence représente le blason des Gonzague.

Meubles anciens

131 — Table-bureau en bois de rose et marqueterie de bois, bordure de feuillages; au centre, un médaillon renfermant deux figures tenant une couronne. Travail italien. Époque de Louis XVI.

132 — Commode en mosaïque de bois représentant des statues et une place de ville. Époque de Louis XVI.

133 — Table à jeu en bois de rose, palissandre et marqueterie de bois, ornée d'un médaillon représentant des ruines. Travail italien de l'Époque de Louis XVI.

134 — Secrétaire en bois de rose orné de fleurs en mosaïque de bois et enrichi de bronzes dorés et ciselés. Époque de Louis XV.

135 — Meuble-cabinet en bois d'ébène et poirier avec tiroirs, garnis en argent ciselé, le centre forme monument supporté par six colonnettes en cristal de roche. Travail italien. Époque Louis XIII.

136 — Une table en bois noir ornée d'incrustations d'ivoire. Travail italien.

137 — Très-belle bordure en bois sculpté et doré. Travail 137
italien du XVIe siècle.

138 — Cabinet en bois de poirier avec tiroirs décorés de plaques en verre de Venise imitant la mosaïque de Florence. Époque Louis XIII.

139 — Quatre fauteuils italiens en bois sculpté et doré, couverts en velours. Époque de Louis XIV.

140 — Coffret en bois sculpté décoré de cinq plaques en mosaïque de Florence représentant des fleurs, fruits et oiseaux.

141 — Petite boîte à jeu en mosaïque de bois représentant deux amours jouant dans un paysage. Travail italien.

142 — Grand cadre-miroir en ébène sculpté à moulures Époque Louis XIII.

143 — Panneau en bois sculpté richement décoré d'arabesques et de figurines. Travail italien du XVIe siècle.

144 — Sculpture en bois découpé à jours, représentant deux amours s'embrassant. Bordure de fruits et feuillages. Époque Louis XV.

145 — Très-beau tapis turc.

146 — Grand tapis de table, couvre-pieds, baldaquin et deux pentes en damas rouge et satin jaune couverts d'ornements en velours appliqué.

147 — Morceau d'étoffe à fond rose couvert de dessins de fleurs rehaussées et brochées en argent, la bordure formée d'une dentelle d'argent.

148

Tableaux

148 — Gentile da Fabriano. L'Adoration des Mages.

149 — Hemskerke. Un Fumeur.

150 — École italienne. — Deux portraits en pied, grandeur nature, représentant un personnage de la famille des Médicis et sa femme.

151 — Quatre grands portraits de femmes représentant les quatre Saisons.

152 à 158 — Sept grands portraits d'hommes en pied.

159 — Quatre portraits de femmes. Époque de Louis XV. Seront divisés.

160 — Petit portrait de femme sur cuivre. Epoque de Henri III. Travail italien.

161 — ÉCOLE ALLEMANDE. — Tableau cintré représentant la Vierge et l'Enfant Jésus sur un trône. Fin du XVe siècle.

162 — ÉCOLE FRANÇAISE. — Nature morte. Bécasse et cailles.

163 — Tableau représentant une scène de famille, grandeur nature. Genre Boucher.

164 — Sous ce numéro seront vendus les objets omis au présent catalogue.

www.ingramcontent.com/pod-product-compliance
Ingram Content Group UK Ltd.
Pitfield, Milton Keynes, MK11 3LW, UK
UKHW020227180726
13838UKWH00005B/2229